뭐냐

고은 선禪시집

뭐냐

문학동네

서문

새로운 세계! 그 세계를 찾아 나선 자가 있다면 그에게 물을 주고 싶다. 그의 지친 몸의 갈증을 달래어주지 않으면 안 되기 때문이다. 그에게 불을 주고 싶다. 추운 밤의 모닥불로 언 몸을 녹여야 하기 때문이다.

아니 단단한 쇠를 주어 세찬 바람에 그것을 의지하여 휩쓸리지 않게 하고 싶다.

그러나 진흙으로 만들어진 자는 물을 건너지 못하고 나무로 만들어진 자는 불구렁에 가까이 갈 수 없다. 제법 단단한 쇠붙이로 만든 자라 한들 1백 년 세월 안에 한갓 녹슨 건달이 되지 않겠는가.

여기에 건달 하나가 있으니 스스로 젖어서 진흙이 없어지고 스스로 불붙어 나무가 없어졌다. 비바람에 녹슨 쇠붙이 역시 흐지부지 없어지고 말았다.

가거라. 새로운 생명이 태어났으니 그곳이 새로운 세계 아니겠는가.

선(禪)은 우선 말과 글을 부정함으로써 그 생명을 삼는다.

얼마나 통쾌무비한 일인가. 하지만 여기에는 선 수행의 배경도 현실적으로 반영되고 있다. 인도의 선을 받아들인 바탕으로써 노장철학이 있지만 정작 고대 중국의 불교는 너무 빨리 상류계급의 웅장한 형이상학으로 정착하고 있었다.

그것은 말과 글의 특권층으로 행사되기 십상이었다.

바로 이에 대한 강력한 민중적 부정으로써 그 말과 글의 행위를 타파하는 것이 곧 선이었던 셈이다.

그러므로 선은 글을 아는 자로부터 글을 철저하게 버리게 하고 말 한마디 제대로 하지 못하는 사람들에게 성큼 다가갔다.

그럴 뿐만 아니라 선은 승려 중심의 체제에서 벗어나 세속의 평민이나 노예가 그 정통성을 확립하는 데 기여하기 시작했다. 제3조(第三祖) 승찬과 제6조 혜능이 바로 그들이다.

오직 선은 마음뿐이다. 이 마음속의 진면목으로만 기존의 세계에 대한 전혀 새로운 세계를 만날 수 있는 것이 선의 목적이다.

일체를 부정함으로써 일체의 진실을 획득하는 선은 그 부정에도 불구하고 아직 자유로운 선문답과 선시를 낳을 수 있게 된다. 8세기 무렵의 선은 이미 선문학의 시대를 열고 있었던 것이다.

그 선문학은 그러나 기존의 말과 글로부터 해방된 고도의 정신행위이며 전혀 낯선 비약이기도 하다. 바로 이 낯선 상태의 생명력이 선시의 핵심이다.

그런데 이 같은 생명력은 굳이 선시라고 이름 짓지 않은 모든 시 가운데서도 반드시 선시적인 어떤 긴장과 절박함, 그리고 대담한 생략의 매혹이 구사되고 있다는 점에서 모든 시는 충분히 선시인지도 모른다. 심지어 일본의 하이쿠도 이 같은 선시의 세계와 무관하지 않게 그 한 줄 가운데 사람의 심상(心象)과 사물의 단면에 대한 직관을 이루고 있다.

불교 경전은 그 문학적 분류 방식에 따르면 대체로 열두 종류이다. 이 가운데서 순수한 운문으로 된 '가타(gatha)'가 있고 산문으로 서술한 것을 운문의 형식으로 강조하는 '게야(geya)'가 있다. 굳이 여기에서 선시의 기원을 찾아볼 수 있다.

이것이 고대 중국 당나라의 산중에서 선시의 황금시대를 이룬 나머지 오늘에 이르기까지 선시 1천 년 이상의 역사를 쌓고 있는 것이다.

선은 시와의 일치 이외에는 다른 글놀이의 장황한 서술과 묘사를 받아들이는 일 없는 특징을 지키고 있다. 그래서 선사(禪師)는 소설가가 아니라 시인이다.

나는 선의 생활 10년의 지난날을 통해서 선시적 체험을 어느 만큼 지니고 있다. 이 체험의 다른 쪽에 있는 문학의 힘은 아무리 선이 글을 부정한다 하더라도 그 어떤 것도 문학의 대상으로 삼을 자유가 있다는 사실에도 익숙하다. 그것은 내 시의 생활 35년의 한 확신이다.

그러므로 이 선시집 『뭐냐』는 선시의 역사에 충실하기보다 그것으로부터 벗어나려는 또하나의 선의 행위이자 시의 행위이기도 하다.

나에게도 물과 불, 그리고 쇠와의 만남이 필요하다. 그것은 새로운 세계에 대한 나의 끊임없는 꿈 때문이다. 어미가 새끼의 일을 알듯이 새끼가 어미를 찾듯이 그 세계에 대한 사랑이 곧 선이 아니겠는가.

이것이 뭐냐!

2013년 2월

고은

차례

이실직고

치매이시라
내 새끼가 내 새끼 아닌 것

미혹이시라
웬 놈의 진리가 진리 아닌 것

여름밤 벌레 소리
귀 없이 마시라
겨울밤
소경으로 별 삼키라

한평생 육바라밀이 도둑인 것

일기

편할수록
불편하다
더 불편하다

왜 올가을이 내년 가을인가

얼씨구

새벽 꿈속
모로코에 나 있다

초저녁
을지로에 나 있다

불원천리만리 둔갑이로고

소옥아 하고
가만히 부르니
녹산이
가만히 온다

달밤

고독 모르는 것들이
고독하다고
고독하다고

이것들아

천년 욕망 꺼져야
고독이야

화두 두 개

고려 후기 어느 날
광교산
국사 열반 안개 한나절

조선 후기 어느 날
광교산
초동 한 놈 호랑이 탔다

둘 다 번갈아봐

임종

오호라 물질 실현!

그간 감쪽같이
스파이였구나
이중 스파이였구나

고모로
이모로
누님으로
아주머니로 어머니로

피눈물로 고향으로 또 무엇으로

선방

이늠의 가야산 선방 문짝 닫는다
다들 썩 꺼져라

내려가
어느 골목
네 오줌 끝 똥 끝 거기
선방 하나 차려라

거기 들어앉아 한 철 두 철 홱 돌아보거라

권고

경율론(經律論) 말아라
하물며
짱골라 간화선(看話禪)이랴

말아라
말아라
말아라
내려가 배고파라 쓸개 아파라

메아리

저문 산더러
너는 뭐냐

너 뭐냐 뭐냐 뭐냐 뭐냐 뭐냐……

올빼미

대낮 올빼미
눈 부릅떠
아무것도 못 본다
기다려라
네 밤이 온다 꼭

그냥 가

작별

잘 있게
잘 가게

아기

네가 태어나기 전
아비 이전
어미 이전

거기에 네 옹알이

산을 내려오며

돌아다보니
아뿔싸
내려온 산 온데간데없다
여기 어디메인가
뱀허물로 가을바람 시시부지 뒤척이는 바

쇠고기

다 무엇이 되어가고 있다
이때가
가장 한심하여라
칼로 쳐라

다 무엇이 되어가고 있다
소가 쇠고기가 되는 동안

부시먼

아프리카 부시먼
열두어 개 낱말이면
한평생 충분타

오 진짜배기 성부 성자 성신이여 부시먼이여

이름 세 개

서로 선(禪) 가지고 아이들 놀이라
희다 검다 다투기도 하다가
자 그만두자꾸나
하고
서로 먼지 털고 일어나기도 하다가

그러다가
추사(秋史)가 백파(白坡)에게
괜히
이름 세 개 지어주며
앞으로 그대 뒤로
쓸 만한 사람 나오거든
이 이름 하나씩 나누어주시게 했다
석전(石顚)
만암(曼庵)
다륜(茶輪)이라

이래서 석전은 미지의 박한영에게
만암은 송종헌
그리고 다륜스님이라

그 가운데
만암이라 쓴 액자 백양사에 있더라
한밤중 소쩍새 소리 있더라

감회

한 점 눈송이 기다린 지 몇십 년
내 몸은 숯불 이글이글거리다
다 꺼졌다

따라서 매미 쓰르라미 소리 있다 없어졌구나

거랑(擧揚)

이리 오너라

발이 없다

개 한 마리 보내니
네 발을 물을 것이다

개 같은 놈!

내일 오너라

내일? 내일이 뭐냐?

개 같은 놈!

난주경허(蘭州鏡虛)

그대가 술과 계집을 몰랐다면
어찌 그대인가
다만 그대가 그 나머지 몰랐으니
늙다리 까치 두어 마리
그대 머리에 집을 지었네그려

낮

마른 똥덩어리
파리도 날아오지 않는다

여기 극락세계? 아냐

웃음

삶은 돼지대가리
그 웃음 앞에 서서

부디부디 이렇게만 너그러워라

저 건너

어찌 살꼬
너 없이

옷

아사가왕이 옷 한 벌 가지고 왔다
문수보살이 숨었다
할 수 없는 일
아사가왕이 돌아가
그 옷을 입었다
그랬더니 깨달았다 강이 강임을

주정뱅이

나는 단 한 번도 개체가 아니었다
세포 60조!
나는 전체로 살고 있다
갈지사 지랄하네
술 취한 세포 60조!

법화경

법화경 구원실성(久遠實成)
이제까지
내가 네놈한테 실컷 맞았다
이제부터
네 몸이 내 방망이 맞는다
어이쿠!
맷집 좋다
어이쿠!
어이쿠!

법화경 도망쳤다 농사꾼 떠난 들 넓다

좌선(坐禪)

앉으면 부처 죽인다 에미 죽인다
앉지 마라
서지 마라
오대양 육대주
아니
밝은 달 계수나무
여기도 저기도 뜨거운 솥뚜껑이라
발 디딜 데 없다
어쩔거나

골목

막다른 골목 돌아선다
좋아라
여기저기
환한 불빛

정릉 어느 골목

벽암록

송나라 대혜
스승 극근의 벽암록을
불태웠다
잘했다 잘했어

한데 벽암록 여기 있구나

낫달

일면불 1천8백 세
월면불 겨우 하룻밤이라
이 일면불 월면불 둘이 아니라 하니
옳거든
해 진 뒤
달 떠라

그런데 저놈의 낫달 보소
순 무식하기는!

달 보지마

무지개

이런 것이 있구나 옷깃 여며

남과 북

묘향산 보현사 주지가 전화를 걸었다
해남 대흥사 주지가 전화를 받았다
요새 어떤가 여기 부처가 돌아앉았네
여기도 돌아앉았다네

거기뿐이 아니었다
남과 북 모든 부처들이 돌아앉았다

제법이로군 놈들

선방(禪房)

네가 1겁은 고사하고
10겁을 앉아보아라
정법(正法)이 나타나지 않으리라

그냥 번뇌 망상하고 놀다 일어나거라

허튼소리

달마의 아비 혜가
홍인의 아비 신수 혜능
신수는 궁중에서 놀고
혜능은 아비가 너무 많아
강호 남녘이 어지럽구나

과연 패륜의 가문이로고

친구

여보게 자네가 파놓은 흙으로
내가 부처를 만들었네
비가 와
그 부처 다시 흙으로 돌아갔다네

부질없기는 비 온 뒤 개인 하늘이라니

삼거리 주막

깨치다니
깨치면 기쁨
어디에 슬픔 있겠나
삼거리 주막
술 석 잔 먹고 내다보니
비 오는 길 가로되

대웅전

크게 그르쳤다

차라리
일주문에서 돌아갈 일

늦여름

물에 뛰어들어 풍덩
불에 뛰어들어
앗 뜨거워

이렇게 달겨드는데 저 건너 열매 익는다

소나기

몇억 만 부처 쏟아진다
저 개울물 바쁘다
부처 송장에
덤으로
다른 송장들 떠내려간다
시원타

하루살이

1억분의 3초
이것이 소립자의 일생이라면
하루가 얼마나 아득한 세월인가
하루가 짧다고?
정녕 탐욕이로군

허깨비

사슴이 제법 뿔을 기르는구나
건들바람 뿔에 걸려
오도 가도 못 하고

산모퉁이 돌아가는 것 네 이놈

백팔염주

살인마 앙굴리말라
이 자는
제가 죽인 사람 손가락을 잘라
주렁주렁
제 모가지에 걸고 다녔다
제 아비의 손가락도 걸고 다녔다

이것이 진짜배기 백팔염주라
염주 한 알이
목숨 하나이건대

이삭줍기

조사 어록(祖師語錄)이야
들녘 이삭
올 흉년
이것으로……

달

활 쏘아

핑

화살 박힌 데 네 눈

네 암흑의 아픔으로 달 떴다

문둥이

군소리는 8만 4천이 아니라
할(喝)! 소리
돌(咄)! 소리
다 군소리
달마의 눈썹 뽑아버려라
육조의 발톱 뽑아버려라

하 거기 문둥이 몇 놈 피리 분다

청개구리

청개구리 한 마리
네가 울어
하늘 가득히 비구름 모여든다

과연 천하장사로구나
요놈

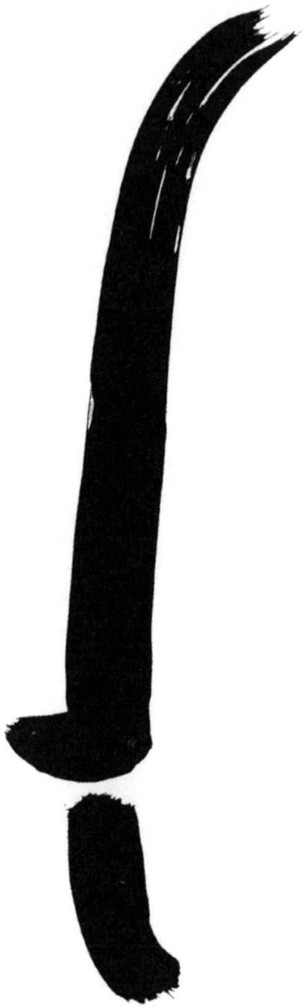

칼 무디두

한마디

급하구나 급하구나
장작개비더러
불이라 하니 쯔

품 안

그대 품 안의 백 년
나라도 없다
벗도 없다
내가 갈 길도 없다

무명(無明) 그 밑바닥 황홀하여라

고려 보조

어느 놈은 거꾸로 서서
요가 수행하다가 죽고
어느 놈은
나무 쌓아 불 질러
거기에 올라
화중연화(花中蓮華)라

고려 보조(普照)는
법상(法床) 차려
백문백답 뒤
법상에서 내려와
마루에 걸터앉은 채……

푸른 잎사귀 붉었다 죽으니
아서라 말아라

뻐꾸기

이른 아침 뻐꾸기 세 마리 나란히 앉아
이 세상 좋을시고
저 세상 좋을시고 말없다
어제 울던 뻐꾹뻐꾹 다 잊어버리고
오늘 울 뻐꾹뻐꾹 아직 일러라
이때가 제일 좋은 때!

미소

연꽃 드니
가섭 웃음이라
아냐
연꽃 웃음
가섭 웃음이라

아무데도 석가모니 안 계셔!

수평선

동해 수평선 앞에 섰다
1천7백 공안(公案) 어디 갔느냐
파도 소리
파도 소리
네놈들하고 놀다 다 버렸다

사자

사자가 굴속에 있구나
암(暗)!
사자가 굴속에서 나왔구나
감(鑑)!
사자가 굴 언저리
남(濫)
사자가 멀리 달려갔구나
담(談)

이따위 따지는 일 풀벌레의 일인가

산은 산

산은 산이라고
물은 물이라고 대웅(大鷹)이 노래했다
산은 산이 아니요
물은 물이 아니라고 대웅이 노래했다
밥 먹어라
밥 먹었으면 똥 내놔

산꼭대기

산꼭대기에 뭐가 있다 하는가
내려오게나
삼거리 복사꽃 피어
오늘도 건넌다마는……

먼 불빛

밤길 먼 불빛이 내 힘이었다
그것으로
그것으로
어제와 오늘 내일이여

물결

보아라 한 물결이 움직여
만 물결이 움직이는가
아니로다
한꺼번에 만 물결이 움직일 따름

벌써 하나로부터 크게 어긋났구나

까치 새끼

이놈아 그것도 몰라
마(魔)가 석가의 아비란다
어디 정반왕이더냐

이른 아침 까치 새끼 서투른 소리 어여쁘구나

길을 물어

이로부터 중생을 물어라
부처가 뭐냐고 묻는 멍청이들이여
중생을 물어라
배고프면
밥을 물어라
달빛에 길을 물어
유자꽃 피는
유자꽃 피는 항구 찾아가거라
항구의 술집을 물어라

묻다가 묻다가 물어볼 것 없어!

한 평 반 감방

여기에 만국(万國) 없으면
어디 가서
나라와 나라 사이 서로 다른 국기 아름다운가
오늘은 이태리
내일은 서반아
한 바퀴 돌아
모레는 스리랑카

길

이 길로 가거라 열반 있다

천만에
나는 나의 길을 가련다
바위너설에 물속에

조사(祖師)의 길송장의 길이야

파경조

어미 잡아먹는 새 있겠다

어미가 새끼 낳아 기르는 것은
제 죽음을 기르는 바
그 어미에 그 새끼인가
제 어미 잡아먹는 바
어미 새끼 천연(天然)이여

빨래

빨래 펄럭이누나 보살이 보살인 줄 모르며

팔공산

감옥에 가면 도인(道人)이 시글시글하구나
살인강도며 강도살인이며
강도살인미수며 지랄이며

여기 대구교도소 꽉 채우느라
팔공산 절간마다
도인은커녕
도인 죽었다 깨어난 것도 없이 풍경 소리 댕그랑

바람

바람에 자비를 청하지 마라
꺽다리 백합 따위
옥잠화 따위
비비추 따위
다 부러져버린 뒤
거기 새로 움 돋아나거라 늦지 않거니

쇠고기 등심

대전 선화동 술집
등심 구워
한 덩어리 입안에 가득하다
문득 삼키지도 못하고
뱉지도 못하고……
밖에서는 장대비 퍼부으며 외치기를
어서 말해라

뭘!

낮

비 온 뒤 물 불었다
제비 열두어서너대여섯 마리 높디높다

종로

대구 종로거리 지나가다가 활명수를 사 먹었다

다리 하나
어디 갔어

괜히

저 혼자 가는 길을
누가 가라 해서
간다고 하네
괜히 산골짜기 물 흐르는 것
누가 흘러라 해서
흐른다 하네
이 세상의 지혜 불쌍하여라

어느 날

앞산에 번개
뒷산 우레
이 가운데
돌멩이 벙어리

옛 부처

여보게 옛 부처가 어쨌다고?
옛 부처는 부처가 아니라네
부처야 금방 건져올린 가물치 한 마리
펄떡펄떡

밭두렁 돌덩이

허허 진불(眞佛)이 집 밖에 계시는군
장차 올 세상이야
이렇게 열려
어디가 집이고 집 밖인고

허허 긴 긴 하루 뻐꾸기 소리 염불이시군

제주 새밭

11월 초 제주 새밭
하이얀 새밭
거기 허수아비 하나 세우니

그가 바다를 본다 바다가 그를 본다

달

달 보면 된다고?
달 가리키던 손가락 잊어버리라고?
이런 벽창호!

달과 손가락 다 잊든지 말든지

오대산

—五臺拍手峨媚笑

오대산 손뼉 치니
아미산 웃더라

아미산 어디인가
한나절 낮잠 뒤

봄꿈

그저께 밤 꿈에 한산(寒山)을 때리고
어젯밤 꿈에 춘향(春香)을 껴안았다
어제는 스무 군데 전화 왔다
오늘은 안성 광신극장 홍콩영화 보다가 나와
시멘트 못 열 개 사왔다
돌아와 쿵! 쿵! 못 박고 사진 걸었다

사진 속 한산 춘향 아이 좋아라

청개구리

내 스승은 효봉이 아니다
꼼짝달싹!
기둥 끝에 붙어
청개구리 10년

폭우

하루 내내 장대비 퍼부어
땅 위의 짐승 한 놈 없다
괜찮다
이놈들아 나오너라 [redacted]고 놀아라

[redacted] 모레 하늘 나온다

졸장부

대장부 있거든
심심찮게
졸장부 있다
누구인가
평상심 없는 놈

남전(南泉)의 잔소리
평상심이 바로 도(道)이렷다

출가

나가는 일이 중노릇이면
돌아가는 일이
그렇구나
그렇구나
바로 부처노릇이구나

그러나 참으로 나가야 참으로 돌아오지 안 그래?

한산 습득이

한산 습득이라
이런 놈들 덩달아 섬기지 마라
오늘 내가 달려가
천태산(天台山)을 무너뜨린 뒤
거기에 아편이나 심어야겠다
아 새빨간 아편꽃아 꽃아

어떤 거사(居士)

장구성(長九成) 거사 똥 누다가
개구리 울음소리 듣고 읊조리기를

춘삼월 달밤에 개구리 울음소리
온 누리 꿰뚫어 한 집안을 이루나니

똥 누었으면 어서 밑 닦고 나가거라

내가 좋아하는 말

나는 여러 성인에게 해탈을 구하기보다
차라리 영겁(永劫) 동안
바다 밑바닥으로 빠지겠노라

좋을시고 술잔에 술 있고 석두(石頭)의 말 있다

마정리 아낙네

마정리 아낙네
늙은 아낙네
젊은 년들 다 떠나고
늙은 아낙네
서로서로 품앗이
땡볕 아래 밭고랑
밭매다가 일어나
덩실덩실 더덩실
돌아와요 부산항에
덩실덩실 더덩실

뉴질랜드 가기

새로운 길

이로부터 바다로 들어가거라
고래 상어에서 새우에 이르기까지
바다 밑 캄캄한 데 거기까지
네 동무 많구나

석가여래 발자국 따위 밟지 말고 바다로 들어가거라

모기

모기한테 물렸다
고맙구나
내가 살아 있구나
긁적긁적

집

높아라 높으면 마(魔)가 모른다
깊어라 깊으면 불(佛)이 모른다
거기에 집 짓고 살고 지고
박 넝쿨 올려 한밤중 박꽃 눈부시어라

말 한마디

늦었다

내가 말하기 전
내 말을
이미 세상이 들었다
지렁이가 들었다
지렁이 울음소리 찌르르

여름

해바라기 눈 없이 해 따라간다
달맞이꽃 눈 없이 달밤에 핀다
어리석어라
다른 짓 통 모르고
낮에 잠자리 밤 풍뎅이

별똥

옳거니 네가 나를 알아보누나

가을밤

아버지
아버지

귀뚜라미 울음소리

오늘

허허 오늘 제일 좋구나 좋아
어느 놈 뒈지기에도
어느 놈 태어나
응애 응애 응애 니나노에도

날 찌뿌드드

푸른 하늘

이 사람아 실컷 울어라

어린아이

나는 불 법 승 3보에 귀의하지 않노라
길 가다가
어린아이 하나 만나
그 천진난만에 빠져버려
촛불 따위 향 따위 군더더기
아이고 놓쳤다 잠자리!

친구

어이!
하고 부르니
여기는 구룡포
바다 건너 울릉도 도동
왜 그러나?
잠깐 건너오소
그러지 건너가겠네

파도 소리 큰 밤
구룡포 술집 하나 불빛이 밝다

문 닫으며

가거라 나 여기 없다
바다 밑
거기 가 찾아봐라
여기야 똥개가 똥 싸고
똥 핥는다

퉤!

마가목차 한 잔

사기대접에 마가목차 따랐다 마셔라

만 리를 노래하기보다
십 리를 가거라

이 혓바닥들아

고향

춘성화상에게 스승을 묻지 마라
만해 한용운
그런 놈 모른다
춘성화상에게 고향을 묻지 마라
고향이 어디요 하면
우리 어머니 ××로다

다 벗어버린 알몸에
대가사 걸치고
좌선중인데
단전 아래
우리 어머니 자식 ×이로다

괜히 그리스 로마가 좋아한다

왜 죽여

가만둬 가만두라고
부처를 만나면
부처를 죽여?
아비 어미 만나면
아비 어미 죽여 왜 죽여?
그저 장마철 비 맞으면
흙으로 만든 것들 다 허물어지지

소경 아나율타

깊이 명상에 잠겨 있다가
아주 눈멀어버린 사람
하늘의 눈 떠
일체 만상을 바라봄이여

운봉 임종게

저 건너 갈미봉에
비가 묻어오는구나
우장 삿갓을 두르고서
김을 매러 갈 거나

스님!

날 불러 뭐하려고?

전등록

왜 전하기를 비밀로 삼는가
개 같은 놈들
멍! 멍! 멍!

달밤에 다 드러났다

달밤

다 나와 휘영청
빈 절구통

왜 풀벌레 소리 시끄럽지 않은가

그믐밤

달 뜨지 않아도
7백 리 밖
그대와 나 사이
밤새도록 휘영청
내일 죽을 개 죽을 줄 모른다
힘차게 짖는다

아궁이

개좆머리 고뿔 앓다가 나와라
부엌 아궁이 불 때며
그 환한 불빛에
얼굴 익어

그렇구나!
하고 깨치니

어느새 다음날 아침
아궁이에 재 두어 삼태기
이렇구나!

낮잠

온 세상이 태(胎) 안이라
실컷 잤으니
어디 나가볼까?

기껏 해서 응애응애 울려고

용맹정진(勇猛精進)

그대들 모래밥 짓고 있군
누가 먹겠나

들에 곡식 실컷 익었다네

그대들 참새만도 못한 것들! 악! 억!

지렁이

지렁이 기어간다 기어가다가 쉰다
이 하늘의 벗이여

어서 누어라

파리 한 마리

파리 앉았다
손바닥으로 쳤다
파리 없다
이 무슨 일인고?
어리석어야 하느니라
이 무슨 일인고?

편지

한암선사가
경봉선사에게 답장

백지 한 장이라

허허 그놈들 삼촌 넘어 사촌간이군

야보

늙은 야보 똥을 싸
사방 벽에 칠했다
중들이 야보 노망이다 하여
그의 금강경 야보송 불태워버렸다

이 얘기까지 야보송에 있으니……
보아라 보아라

멧돼지

멧돼지 몇 마리가
황금산을 파헤쳤다
파헤칠수록
황금빛 눈부시어라

오 멧돼지 아저씨 내 절 받으시오

한밤중

한밤중 여우가 둔갑해서
아리따운 아가씨로 방에 들어왔다
그래 어쩌겠느냐

무슨 소리! 당장 껴안아야지

오라 이 여우서방님
부처보다야 여우가 더 좋지

암

북극성

네가 없어져야
북쪽이 없어진다
남쪽이 없어진다
동과 서 없어진다
아니다

팔만대장경

횡설수설로 길 막혀
돌아서니
거기
뱀 한 마리

뱀이 뱀의 길 잘도 안다

돼지

네 앞에 석가란 도적 없고
네 뒤에 미륵이란 거지 없다

네 주둥이 꿀꿀 이전!

싱거운 놈

묵언 며칠째
입 대신
밑구멍이 방귀 뀌어 뽀옹
제법 소리하네 뽀옹
괜찮네그려
앞산이 그 소리 들었네그려
안개 자욱 뽀옹

낮잠 뒤

제6식 제7식 제8아뢰아식이 다 마귀일진대
이놈들 마귀와 더불어 춤추리라
중생 무량겁이 지나도
아 중생노릇 새롭다

삼복더위 낮잠 한나절 깨어나서

아난

석가도 길들이지 못한 아난
가섭이 내쫓아 길들였구나
아는 것 버려라
모르는 것 버려라
비로소 별 하나 빛난다

경책

아무개야 아무개야
제발 가르치지 마라
가르치는 것
큰 잘못

정수리에 관솔불 꽂은 밤 깊다

대좌

백발의 시인 백낙천과
도림선사 마주앉아
말이 없다
한동안이 흘러
늙은 시인 일어난다

이를 지켜본 시인의 아우 먼저 죽는다

지나가며

절하고 싶다 저녁연기 자욱한 먼 마을

귀

캄캄한 밤 파도 소리야,
네 말을 듣기 위하여
내 반평생 숫제 벙어리였구나
파도 소리야
파도 소리야

이슬

어둠이여 나라여 너 밤새도록 일하여
새벽 풀잎에 맺힌 이슬이여

밤

북극성! 오 별일 수 없는 이 시대의 극형으로

그리움

물결이 다하는 곳까지가 바다이다
내가 속에서
그 사람의 숨결이 닿는 데까지가
그 사람이다
아니 그 사람이 그리워하는 사람까지가
그 사람이다

오 그리운 푸른 하늘 속의 두 사람이여

웃음

웃음이 사상이 아닌 게 얼마나 다행이냐
웃음이 종교 따위가 아닌 게
얼마나 얼마나 다행이냐
열여섯 나이 아가씨의 웃음의 공(空)이여
진공묘유(眞空妙有)여

세 식구

천둥번개 치는데
깜깜한데
어린놈 있다
에미 애비 있다
시퍼런 번개불빛에 드러난 이 실재!
그렇다 삶이 아닌 이 부재!

상류(Upper Stream)

가고 싶다
물 가운데 모래펄 거기

어디가 거기만한 나라이겠는가

열

사람이 열까지 셀 때가
제일이지
열하나 열둘 셀 때부터
영 망해버려

오 아침 바다의 아기여

태평로

지나가거라 유골들아
전쟁 이후는
언제나
전쟁 이전이다

몇천 년

내가 살아 있는 동안
다 마칠 수 있는 일이란
이 세상에 없다

진정코 이 세상이란 몇천 년이나 걸려야
집 한 채 지을 수 있음이여

가거나 오거나

파주 낙조

여기서 죽어라
여기서 태어나거라

안개

내 조국은 너를 싫어한다
그러나 나는 너 때문에 눈떴다
열두 살 때부터

안개 낀 항구 끄트머리에서

달밤 1

그대 이름 불러
그대 있다
달밤 어두워
어디에 있는 줄 몰라
그대 이름 불러
저만치 그대 있다

그리움이거든

그리움이거든
그리움이거든
파도 소리
다 죽여
저 바다 벙어리만하거라

1992년 4월 15일

하루 내내 집에 있었다
친구들이 왔다
친구들이 갔다
그들이 간 뒤
비바람이 있었다
티베트 라싸에서 한 장님 라마가 죽었다

1992년 4월 16일

하루 내내 집에 있었다
아무도 오지 않았다
티베트 라마의 시체를 언덕 위에 옮겼다
인도 아시아 대륙의 굶주린 독수리들 가운데
몇십 마리가 모여들었다
거룩한 시체를 쪼아먹기 시작하였다

1992년 4월 17일

또 하루 내내 집에 있었다
백과사전을 읽었다
읽은 것을 바로 잊어버렸다
티베트 라마의 뼈다귀 앙상하게 남았다
오 진짜배기 니르바나

1992년 4월 18일

또 하루 내내 집에 있었다
알고 보니
죽은 라마가 몰래 낳아둔 아들이 있었다
한밤중 그가 라마의 유골을 가지고 갔다
해가 떠오른 뒤 그 유골로 목걸이 두 벌을 만들었다
한 벌은 그가 갖고
한 벌은 미국 시인에게 팔 작정이었다
알렌 긴즈버그
오 벌써부터 라싸와 뉴욕 니르바나

저녁

비로소 세상이 제 모습입니다
제 모습에 저녁연기 피어오릅니다
그 어드메 말없음이여
일찍 뜬 거지별 하나
날 저물어 세상이 제 모습입니다

보리밭

임이여
당신을 꼭두새벽부터 드높이기 위하여
땅은 이다지도 낮은 곳입니다
날마다 날이 날마다
솟아오른 종달새 돌아오지 않는
낮은 곳입니다

자정

동지섣달 한밤중 떡갈나무 자라기 시작합니다
지난해 자라다가 멈춘 뒤
언 땅 위로 그 가지들 자라나고
언 땅 밑으로 뿌리 자라납니다
아무도 몰래 먼저 봄을 시작합니다
어둠 속 거친 눈발 날리는데도 내린 눈 날리는데도

봄바람

그 모진 추위가 도달한 마을!
나가서
온 얼굴 묻히는 봄바람이여

긴 겨울 다하여 반드시 오는 봄바람이여

푸른 보리밭에서 무슨 소리 나는데
모든 철면피에게 주는 부끄러움이여 새로움이여

먼 데

바람 부는 날
먼 데 바라보면
거기가 내 고향입니다

사람에게는 먼 데가 있어 축복입니다

미안하여
닭과 중병아리들에게 모이를 주었습니다
바람에 잔털 좀 들리는 중병아리들에게
구구구 소리도 주었습니다

파도

파산으로 피투성이로
새로 태어나지 않고
어찌 파도 앞에 서 있겠습니까

아 최악의 범죄인 구각이여 잔재여

임

오랫동안 당신은 본능이었습니다

관념이었습니다

이제 당신은 무엇입니까
개인 날 어리석어라
당신은 무엇입니까

섬

오직 저것만은 체험이 아닙니다

돌멩이

말 많이 한 날
말 지쳐
저기 돌멩이를 봅니다

오 어머니

아침이슬

여기 어이할 수 없는 황홀!
아아 끝내 아침이슬 한 방울로 돌아가야 할
내 욕망이여

냇가

가을 저녁
추운 물 바쁘게시리 흘러간다
그 물소리 유난 떨어
저만큼까지 이 아리며 들리는지
저문 들마저 귀 가다듬는다

기흥 지나면서

30년 전쯤
경부고속도로 기흥 지날 때
기흥 숲
고만고만의 나무들 지나갈 때
문득 이제하의
웃다가 마는 얼굴
떠올랐다

30년 뒤쯤
거기 지날 때
30년 전의 이제하가 떠올랐다
그때 떠오르는 것이
한 번 더 떠올랐다

이걸 화두로 삼을까 말까?

100년 뒤

누구의 화두로

삼으라 할까 말까?

죽음

죽음이란 싸우던 자
싸우지 않는 것입니다
이 나라 산야의 무덤들이 거부합니다
그 죽음을

바람 한 자락

보이저 2호

나는 너를 잊지 않으리라
아직 이 세상의 이별이 없었으므로

이 비리투성이 저 세상에서

이름 없는 노래 1

태풍 지나간 뒤
아이들 논다

비겁이란 비겁
다 휩쓸어간 빈터에서

이름 없는 노래 2

어여쁘셔라
저녁 무렵 된장잠자리떼

조그만치도
내 우주의 적막 해치지 않으시누나

이름 없는 노래 3

파쇼야
이제 너는 총을 버려라
네가 빈손으로 울어엘 때
이 세상께오서
비로소
네 어미이실 터

어느 날

잎새 하나 단풍 들기 위하여
너무 짧구나
봄 여름 가을에 이르렀구나 아아

화엄

서로 비추노니
서로서로 비추노니
눈 시리어라
온 세상 어둠 끝 간 데 몰라

기념

바람 인다

돌에 너를 새긴다
하늘 아래
너를 새긴다

상원사

깊은 밤 솔바람 소리

이 세상의 아이들아
잠든 아이들아

어서 어른이거라
어른으로
어른으로
잠 못 이루어라

미풍

저 은단풍나무 우듬지 하나 꼼짝 못하는 고요여
이윽고 살랑
작은 이파리 건드려
오 미풍이여

그동안 나는 너를 모르고 살아왔구나

대화

바람이 사람일 때가 있다
그와 함께 이야기하고 싶을 때가 있다
사람과 사람 사이
깜깜할 때

거기에 바람이 분다

언제 헤어지나

향기

긴 겨울 치르고 나서 말 없다
그 푸른 보리밭 추운 봄바람에
불현듯
열일곱 살 아가씨 솟아오른다
그 가슴속 어둡이고저 빛이고저

호수

이제까지 바다 탐내었으니라

욕심도 희망도 줄어
호수에 가
거기 담겨 있는 산그림자에 돌 던져라
다시 살아나는 산그림자에 돌 던져라
그러다가 바람이 와
물푸레나무랑 나랑 기뻐 어쩔 줄 몰라
던진 돌 가라앉은 뒤

달밤

달밤에는 백 리까지 한 마을이다

돌아가며
오늘 하루 잘못 나온 말 고친다
지나치는 마을 뉘 집에
아직 꺼지지 않는 불빛 있다면
그 불빛 꺼드리며

내일 모레 바람에
남은 잎새 다 떨어지리라
그 바람 맞아들이며

태풍

나의 동지 태풍이여

네가 오므로
이 나라가 우렁차구나
이 나라의 깡깡이 따위 파묻고 우렁차구나

나의 동지 태풍이여 천년의 혈맹 태풍이여

감사

아름다움 이전에
사상 이전에
우리가 감사해야 할 것은
어쩔 수 없이 저 바람이다

저 바람에 흰 빨래 펄럭이는 것 보아라

이웃

밤하늘 꽉 찬 별들이여
내 최고의 연방이여

몇 번인가 사람과 사람 사이의 거리
저 하늘의 몇백 광년으로 멀어야 하느니
아주아주 멀어져야 하느니

그리움

산에 올라 난바다 바라보는 날이여
어이 너에게
그리운 것 없겠느냐

이 눈부신 백 년 가득히!

모국어

아메리카 떠돌다 돌아온 나를 두들겨패는 자
오직 당신이었습니다
어머니
어머니의 말 당신이었습니다

나는 다시 풋보리밭 아들입니다

술

나 이 세상에 깨닫기 위해 오지 않았다
취하기 위해 왔다

취한 것만이 살아 있다 오 내 이웃인 취한 은하수여

마을 하나

함께하는 것 이길 놈 없다네
그리움으로도
살구꽃 지는 날
숨 막히는 그리움으로도

서운산

3월 10일 산에 올라
천안 쪽 바라보았다
발아래 골짝엔 인기척 있다
어느새 내가 거기 가 있다

이 세상 어디서나 사람 하나가 둘이나 셋이 된다

낭떠러지

거기에 핀 씀바귀꽃
아나 두려움!

내 진짜배기 나라인 낭떠러지야

떨어져 나와 봐

몸의 노래

물은 물을 낳는다
물은 물소리를 낳는다
이윽고 그 물소리가 사라진다
이 거룩한 일은 끝내 보이지 않는다

오 내 육체의 소멸이여
거기에 세우고 싶어라
내 하늘 속의 푸른 기쁨으로

이 여자를 숨길 곳 없다
이 여자를 파묻을 무덤이
이 세상에 없다
이 여자가 태어난 동방으로 가라

수많은 일을 한 뒤의 체념이야말로
만월의 밤
내 진정한 휴식이다

어느 나라 말도 들리지 않는
달빛 가득히

그대 두 다리 사이
그 바다에 떠다니는 영혼아
누가 그대에게
캄캄한 밤 수평선이라 부르더냐

친구

내 오랜 아픔을 그가 몽땅 지고 먼저 갔다
여름날 하얀 양귀비 꽃봉오리 입 다문 채

예로부터

세상이란 갯지렁이로 할 일이 많거늘
거룩한 사람이 하나쯤 나오면
그 값어치로
반드시 거룩하지 않은 사람이
몇만 명쯤 나온다

석가모니 뭘 하러 오셨는지 몰라

직립

오지 않는다 온다
간다 가지 않는다

강물 봐 둠벙 위 하늘 봐

고은 선시에 관하여

장석주(시인, 문학평론가)

『뭐냐』는 나와도 가느다란 인연이 있다. 스무 해 전쯤 나는 이 시집을 묶는 일에 관여했는데, 그 이전에 시인에게 선시(禪詩) 쓸 것을 요청했다. 시인이 그 요청에 응답해 180여 편의 짧은 시편들을 쓰고, 그래서 『뭐냐』가 나왔다. 이 선시집이 영어, 프랑스어, 독일어, 스웨덴어, 노르웨이어, 이탈리아어 등으로 번역되었고, 다른 언어로도 번역 요청이 진행중이라고 하니, 내게도 보람과 기쁨 한 가닥이 없을 수 없다. 『뭐냐』가 국내에서 절판의 운명으로 한동안 사라졌다가 다시 빛을 보는데, 여기 내가 문자 몇 개를 얹는 것으로 자랑스러운 인연이 이어졌다. 그 인연의 엄중함마저 내려놓고 이 짧은 시편들을 기꺼운 마음으로 읽는다. 이 시편들 안에 삼라만상이 있고, 이 삼라만상에 감응하는 마음이 생동한다. "지렁이 기어간다 기어가다가 쉰다/ 이 하늘의 벗이여"(「지렁이」), 혹은 "뱀이 뱀의 길 잘도 안다"(「팔만대장경」)라는 시구가 무심히 노래하듯, 지렁이 기어간 자리에 지렁이 자취가 있고, 뱀이 기어간 자리에 뱀의 길이 있다. 삼라만상에 의지해 마음이 나아간 자리마다 마음의 자취가 있으니, 언어와 마음은 상호연동하고, 그 자취가 이 선시들이다. 시인은 우주 만물이 움직이면서 만드는 기미들을 살피고, 그 안에서 돈오의 알곡들을 골라낸다. 시인은 어린아이를 만나 그 "천진난만"에 대책없이 빠져버리거나(「어린아이」), 푸른 하늘을 보고 "이 사람아 실컷 울어라"(「푸른 하늘」)라고 느닷없는 권유를 하거나, "내일 죽을 개 죽을 줄 모른다/ 힘차게 짖는다"(「그믐밤」)라고 동물성에 깃든 무지를 꼬집거나, "저문 산더러/ 너는 뭐냐"(「메아리」)라고 뜬금없이 묻는다. 고은의 선시들은 섞임, 권유, 비웃음, 물음들 위를 가로지르는데, 그것들 속에서 시적 각성을 함의로 구축해낸다. 고은의 선시는 암중모색, 모순형용, 순간각성, 언어도단을 자유자재로 아우르고, 의미에서 달아나면서 어느새 함의를 구축한다.

막다른 골목 돌아선다
좋아라
여기저기

환한 불빛

정릉 어느 골목

—「골목」 전문

가을 저녁
추운 물 바쁘게시리 흘러간다
그 물소리 유난 떨어
저만큼까지 이 아리며 들리는지
저문 들마저 귀 가다듬는다

—「냇가」 전문

선시는 삶과 죽음, 자아와 타아, 자연과 문명적인 것, 미물에서 우주까지 소재를 가리지 않는다. 시인은 첫눈을 뜨고 말을 막 배우는 아이와 같이 삼라만상을 향해 "너는 뭐냐"(「메아리」)고 묻는다. 더러는 무지의 극단에서, 더러는 예지의 극단에서 전존재로 삼라만상들에 쿵 하고 부딪치는 것이다. 이를테면 서울의 범상한 골목도, 저문 들판을 가로지르는 냇물도 "너는 뭐냐"고 묻는 시인의 물음을 피해가지 못한다. 골목을 돌아서자 어둠과 함께 "환한 불빛"들이 나타난다. 그 불빛으로 인해 마음이 밝아지고 가벼워진다. 그것이 "환한 불빛"이 낯선 골목의 막다름과 거기

가득 찬 어둠이 마음에 일으킨 무거움을 덜어내기 때문이다. 사람은 사람 속에서만 사람이다. "환한 불빛"은 거기 사람이 살고 있다는 물증이고 신호일 뿐만 아니라 그 사람이 세계의 일원이라는 확신을 준다. 그 확신으로 말미암아 기분이 화사해졌을 것이다. 가을 저녁의 추운 때 저문 들에 냇물이 저 혼자 흐른다. 아무도 없으니 저문 들이 귀를 쫑긋해서 그 냇물 소리를 듣는다. 실은 그 물소리에 귀를 기울인 것은 시의 배후에 숨어 있는 서정적 주체다. 그 주체가 숨고 대신에 저문 들이 그 자리를 차지한다. 겨울에 가까워져 차가워진 물이 시적 각성을 불러일으키는데, 이 시적 각성의 순간은 선적 직관과 하나다! 뇌 속의 신경 섬유다발을 통해 흘러가는 선적 직관의 벼락이 일체 사고의 흔적들을 지워버린다. 곧 닥칠 소멸과 죽음의 선험(先驗)들이 저문 들의 적요를 깨는 냇물 소리에 자리를 양보한다. 저문 들판에 남은 것은 냇물 소리요, 생각과 분별들은 그 소리 속으로 녹아들어간다.

천둥번개 치는데
깜깜한데
어린놈 있다
에미 애비 있다
시퍼런 번개불빛에 드러난 이 실재!

그렇다 삶이 아닌 이 부재!

—「세 식구」 전문

실재와 부재, 현상계와 진실을 하나로 꿰어 엮는 솜씨가 돋보이는 시다. 깜깜한 밤 – 에미 · 애비 · 아이 – 번갯불이 치는 찰나 – 드러났다 사라지는 실재! 하지만 실재는 곧 부재의 사태이다. 모든 것은 있는 그대로이고, 이게 진실이다. 이게 노자가 말한 바 '현동(玄同)'—심오한 것에서 하나 됨—이고, '묘(妙)'—진실—와 '요(邀)'—눈에 보이는 것—를 하나로 아우름이 아닐까? 시인은 이런 찰나들에 아주 민감하게 반응한다. 이것이 순간으로 겪어내는 통찰 체험인데, 바로 간뇌(間腦)에 내리꽂히는 벼락이다. 달리 말하면 견성(見成)이다. 모든 견성은 찰나를 타고 흘러든다. 시인은 의식적인 자아를 넘어서서 이런 견성에 드는 자를 말한다. 『뭐냐』의 작은 시편들은 사물들 위로 내리꽂히는 번개들의 찰나들을 품는다. 이 찰나 시인은 현대의 병폐인 온갖 정보의 공격들에서 벗어나 그것들을 허깨비로 만들고 궁극적 실재와 마주하며 유유자적에 든다.

절하고 싶다 저녁연기 자욱한 먼 마을

—「지나가며」 전문

빨래 펄럭이누나 보살이 보살인 줄 모르며

—「빨래」 전문

이렇게 단 한 줄로 끝나는 시에서 굳이 의미를 찾으려는 일은 뜻없다. 의미 첨가를 시인 스스로 거절하고 있는 까닭이다. 여기에 말을 더 얹으면 얹을수록 말의 애매함과 불완전성만 더 드러날 뿐이다. 시인은 수사학적 술어들을 모조리 지우고, 단 한 줄만 남긴다. 절–저녁연기–먼 마을, 혹은 빨래–펄럭임–보살로 이어지는 언어의 흔적으로 가까스로 생각이 낳는 의미 이전 상태를 견지한다. 의미 이전의 모호한 존재의 특화된 감정의 찰나들만 흥건하게 쏟아진다. 말의 내핍과 의미의 고갈은 정확하게 대칭을 이룬다. 이 대칭성으로 말미암아 의미 고갈을 향한 것에 대해 쏟아질 수 있는 비난에서 면죄부를 얻는다. 세목들을 생략한 여백의 자리에 느낌의 섬광만 남겨둔 것은 고도로 기획된 의식 활동의 산물이기보다는 시인에게 불교적 관습에 체화된 습속이 남아 있기 때문으로 보인다. "저녁연기 자욱한 먼 마을"을 바라보며 절하고 싶은 것은 마음이다. 마을은 사람이 모여 사는 공동체고, 저녁연기는 마을 안의 집집마다 밥을 짓고 있다는 징표다. 이렇게 모여서 사는 것은 거룩한 일이다. 그 거룩함에 대한 각성이 절을 하고 싶은 마음을 불러온다. 절은 공경이고 극진한 예다. 이 절은 오로지 삶을 향한 것이다. 빨래는 제가 빨래인 줄 모른 채 펄럭이고, 보살은 제가 보살인 줄 모른 채 보살 노릇을 한다. 다만 바람이 불고, 빨래는 펄럭인다. 펄럭이는 빨래와 그 빨래를 바라보는 보살은 일체 모름이라는 혈통의 방계 친인척으로 묶인다. 이 한 줄의 시는 돌연한 느낌 그 자체로 굳세다. 의미를 완강하게 거부함으로써 저 서양 학자가 선을 두고 "의미의 태만에 대한 전쟁"[1]이라고 말한 그런 사태가 벌어진다. 해탈은 언어와 상징의 논리적 귀결이 아니다. 느닷없는 언어의 중지다. 무언어, 무자각의 황홀경으로 맞는 사태라는 해탈에의 꿈을 안고 용맹정진한 경험을 가진 시인이 이런 한 줄 선시에 탐닉하는 것은 어쩌면 피의 불가결한 끌림이기도 할 것이다.

편할수록
불편하다
더 불편하다

왜 올가을이 내년 가을인가

—「일기」 전문

1) 롤랑 바르트, 『기호의 제국』, 김주환 · 한은경 옮김, 민음사, 97쪽.

선시에는 생각이 끼어들 여지가 없다. 생각은 그 관습으로써 인과론에 귀착한다. 인과론은 내면 지각에 이르는 공리적 생각 놀음인데, 선은 그런 생각 놀음 자체를 부정한다. 생각을 무찌른 자리에 그저 만물이 고요하다. 불가에서 나는 나다, 나는 내가 아니다, 혹은 이것은 이것이다, 이것은 이것이 아니다라는 화법은 드물지 않다. 선의 세계에서 무분별이 모순형용을 삼켜버리는 일은 다반사다. "무처에는 달이 있고 파도는 자고,/ 유처에는 바람 없는데 파랑이 인다(無處有月波燈, 有處無風浪起)"라는 시를 보면, 모순을 물고 들어가는 게 선시의 수사학임을 깨닫는다. 편함과 불편함에는 차이가 없으니, 편함이 불편함이고 불편함이 편함이다. 이 모순형용은 편함과 불편함의 분별에서 시작했으나 결국은 무분별에 가닿는다. 굳이 분별하자면, 네가 편하다면 그건 불편함이다. 그 분별도 무분별 앞에서 뜻을 잃는다. 분별은 생각 놀음에 지나지 않음으로 맹탕이다. 올가을은 드러난 바지만 내년 가을은 드러나지 않은 바이다. 허나 이 드러남과 드러나지 않음이 무분별 속에서 아무 차이가 없다. 그러니 올가을은 내년 가을이다.

활 쏘아
핑

화살 박힌 데 네 눈

네 암흑의 아픔으로 달 떴다

—「달」 전문

일자무식 육조혜능의 문답이 그렇듯이 선시는 논리가 아니라 초논리, 분별이 아니라 무분별, 언어가 아니라 언어 이전을 겨냥한다. 자꾸 논리를, 분별을, 언어로 들이대는 일은 어리석다. 여기 어디에 논리가 있고, 분별이 있고, 언어가 있나. 분별식(分別識)은 그 본질에서 주객의 나눔이다. 그러나 사상(事象)을 늘 주객으로 나눌 수는 없다. 그것은 지식의 몰지각을 깨닫지 못하는 문자벌레들의 조급한 수작이다. 작은 앎들이 작은 지각들을 휘두르며 활발발지(活鱍鱍地)하는데, 이는 근본에서 어리석음이다. 진짜 앎은 알면서도 앎이 없고(知而無知), 앎이 있으면서도 아는 바가 없다(無知而知). 「달」은 어떤 분별식도 없이 활-화살 박힌 데-눈으로 이어지는 이미지의 흔적이 가까스로 시를 지탱한다. 말의 가뭄은 곧 의미의 가뭄이다. 네 눈은 화살 박힌 데, 뚫린 구멍이다. 달은 밤하늘에 난 구멍이다. 달은 구멍일 뿐만 아니라 네 눈이다. 왜 눈이 화살 박힌 데냐고 묻지 마라. 그 물음에 대답이 없다. 왜 "암흑의 아픔"으로 달이 떴냐고 묻지 마라. 그 물음에도 대답이 없다. 식(識)이라는 이차적 사고를 폐기하면 어둔 하늘에 덩실 떠 있는 달의 실재만이 또렷하다. 그 또렷함이야말로 실재의 세계 속에서는 실재 하나하나가 모든 계시적 진리로 발견되는 사태일 테다.

크게 그르쳤다

차라리
일주문에서 돌아갈 일

—「대웅전」 전문

"크게 그르쳤다"는 것은 사태 판단이고, 이미 분별이다. 아마도 깨우침이기도 할 테다. 그런데 숫제 거두절미다. 뭘 어떻게 그르쳤다는 해명이 없다. 거두절미한 그 부분이 체성 감각 자료일 텐데, 그걸 지워버리니 측량할 길이 아예 없다. 우측 대뇌 반구에 구멍이 뻥 뚫린다. 그 뒤로 이어지는 한 줄의 여백, 그리고 "차라리"라는 부사! 가차없이 생각의 촉발들이 잘려나간다. 대체 일주문과 대웅전 사이의 거리란 무엇인가? 일주문을 넘어 대웅전까지 걸어가서 그것을 일별하는 게 크게 그르침과 무슨 상관이란 말인가? 이 사물과 사물 사이의 엄연한 비인과성 앞에서 우리의 앎은 미미해지는데, 다른 한편으로 느낌은 돌올하게 솟

구친다. 단박에 느낌이 앎의 자리를 꿰차는 것이다.

비 온 뒤 물 불었다
제비 열두어서너대여섯 마리 높디높다

—「낮」 전문

앞산에 번개
뒷산 우레
이 가운데
돌멩이 벙어리

—「어느 날」 전문

모기한테 물렸다
고맙구나
내가 살아 있구나
긁적긁적

—「모기」 전문

세 편의 시들은 하이쿠와 방불하다. 시인은 형체의 세계와 그 기미를 포착한다. 비 온 뒤 풍경이거나, 번개와 우레가 번갈아 오가는 어느 날의 일기이거나, 모기한테 물려 긁적거림이거나 이것은 다 같이 실재들, 혹은 그것의 실감

들이다. 비 온 뒤 공중 높이 나는 제비들, 번개 치고 우레 울어도 꿈쩍 않는 돌멩이, 모기 물려 몸 긁적이는 중생은 실재로써 오연하다. 이것은 언어 이전이고 언어 이후다. 이것들은 무위무작(無爲無作)의 상태에서 무언가에 대한 매임 없이 있다. 여기에 어설프게 다른 앎이나 의미를 첨가하지 않는다. 이것들은 그 자체로 본래면목이다. 판단하지 않고 분별하지 않기에 윤리나 도덕으로 비약하지도 않는다. 비 온 뒤 물 불고 공중에 제비 여러 마리 난다. 앞산에 번개 치고 뒷산에 우레 우는데, 그 사이에 돌멩이는 묵묵부답이다. 모기 물려 간지러운 허리를 긁적긁적 긁는다. 이런 정태의 찰나들에 큰 뜻이 스밀 리가 없다. 큰 뜻은커녕 차라리 의미의 바닥이다. 시인은 그 찰나들을 언어로 포획하되 일체 의미를 배제하고 상관하지 않는다. 의미화란 분별의 일이기에 무위(無爲)의 큰 흐름에 맡김으로써 그 자체를 공안(公案)으로 삼는다. 공안은 선의 불꽃이다. 생각을 멈추고, 관습적 이해에서 풀려나와야 그 불꽃으로 타오른다. 삼라만상 그 무엇도 마음에 품은 순간 공안 아닌 게 없다. 삼라만상 일체를 공안으로 돌리는 게 선행위이고, 이때 마음이 스친 자취들을 언어로 옮겨 적은 것들이 선시로 귀착한다. 선시의 묘미는 의미 찾기라는 설왕설래를 폐기하고, 단어와 단어, 행과 행, 연과 연 사이의 여백에서 무의미의 놀음을 즐기는 데서 배가된다.

이른 아침 뻐꾸기 세 마리 나란히 앉아
이 세상 좋을시고
저 세상 좋을시고 말없다
어제 울던 뻐꾹뻐꾹 다 잊어버리고
오늘 울 뻐꾹뻐꾹 아직 일러라
이때가 제일 좋은 때!

—「뻐꾸기」 전문

선시는 언어의 감춤인가, 드러냄인가. 본디 선이란 은현동시(隱現同時)의 일[2]이고, 여시묘각(如是妙覺)의 일이다. 감출수록 드러나고 드러날수록 숨는다. 뻐꾸기가 운다. 이 세상 좋을시고! 뻐꾸기가 울지 않는다. 이때가 제일 좋은 때! 이것은 사유의 궤적인가, 아니면 무사유의 총체

---

2) '은현동시'에 대한 것은 츠앙의 『화엄철학』(이찬수 옮김, 경서원, 1997)을 참조할 수 있다. 징관(澄觀)의 '화엄현담'의 '은밀현료구성문'에 대한 주석에서 "매월 여드렛날쯤에는 달이 반은 빛나고 다른 반은 어둡다. 바로 그 밝은 부분의 드러남이 긍정된다 해도 숨겨진 부분이 부정되는 것은 아니다. 마찬가지로 어떤 것의 현현은 늘 같은 것의 현현되지 않았거나 감춰진 부분의 존재를 암시하고 있다. 달의 밝은 부분이 드러나는 순간에 어두운 부분 또한 '은밀히' 그 자신을 세우는 것이다. 이것이 이른바 감춰짐과 드러남이 동시에 은밀히 세워지는 문(隱密顯了俱成門)이라 하는 이유이다"라고 말한다.(『화엄철학』, 228~229쪽에서 재인용)

인가. 이 짧은 시편들은 말을 쓰면서 말을 버리고, 사유하면서 사유를 감춘다. 깎고 버림으로써 마침내 말의 뼈다귀에 이르고 싶음인가? 고은의 짧은 시들은 언어 · 사물 · 현전의 있음과 없음을 꿰뚫고 나간다. 말을 쓰되 말을 버린다. 말을 쓰면서 폐기하고자 하는 모순에 몸을 담그고, 이원적 · 상대성의 세계 분별을 지운다는 점에서 선행위에 방불한다. "선은 세부적인 언어와 문자 너머에, 사고의 바깥에, 생각할 수 없는, 종국적으로 이해할 수 없는 곳에 존재한다."[3] 선시는 문자 너머, 사고의 바깥, 생각할 수 없는 곳에서 번쩍인다. 그것은 머무름이 없는 머무름이요, 얻는 자취 없이 얻음이고, 쓰임 없는 쓰임이요, 이름할 수 없는 이름이고, 보지 않는 가운데 봄이요, 행함의 흔적 없는 행함이란 점에서 자명한 선행위이다. 이를테면 "내일? 내일이 뭐냐?"라고 묻고 그 대답으로 "개 같은 놈!"이라는 욕설을 퍼붓는다(「거량[擧楊]」). 물음 자체를 파기하고, 물음의 시초로 되돌린다. 이게 선행위다. 혹시나 이 선시집을 읽으며 의미의 알곡, 일말의 깨달음, 한 조각의 직관을 기대했다면 실망한다. 선방에 들어왔으되, 그 들어왔다는 의식조차 놓아버려야 한다. 시인의 일갈에 귀기울이시라!

---

3) 에이사이(明菴榮西, 1141~1215). 여기서는 제임스 H. 오스틴, 『선과 뇌의 향연』, 이성동 옮김, 대숲바람, 29쪽에서 재인용.

"그냥 번뇌 망상하고 놀다 일어나거라"(「선방〔禪房〕」). 이 짧은 시들은 꽉 차 있고, 동시에 비어 있다. 그 차 있음과 비어 있음이 실은 하나다. 선시들은 말로 할 수 없는 것들을 말로 하며 본질로 직격하는데, 직격하며 대상을 깬다. 삼라만상에 들이대는 "너는 뭐냐"라는 물음이 그것을 깨는 망치다. 선시들은 대상들을 여지없이 깨트린다. 그 파쇄를 본질로 향유하는 것, 이게 바로 고은 선시의 본래면목이다.

고은

1958년 처녀시 「폐결핵」 발표 이래 시 · 소설 · 평론 · 에세이 등 150여 권의 저서를 펴냈다. 그중 시집은 서사시 『백두산』 7권, 전작시 『만인보』 30권을 비롯해 모두 70권이며, 『고은 시전집』『고은 전집』을 출간했다. 세계 25개 국어로 시와 소설이 번역 출판되었고, 이 가운데 『만인보』는 스웨덴에서 '현대의 고전'으로 선정되어 중고교 외국문학 교재로 채택되었다. 민족문학작가회의 회장, 한국민예총 초대회장 등을 지내고, 미국 하버드 대학 옌칭연구소 초빙교수, 버클리대 동양학부 초빙교수(시론 강의), 서울대 초빙교수를 역임했다. 현재 단국대 석좌교수, 유네스코 세계 시 아카데미 명예위원회 위원, 한겨레사전 남북한 편찬위원회 위원장으로 있으며 국내외 시단에서 창작활동중이다. 국내외 문학상과 훈장을 다수 수상했다.

뭐냐

1판 1쇄 2013년 2월 25일
1판 4쇄 2016년 10월 28일

지은이 고은
펴낸이 염현숙
책임편집 김민정 | 편집 김필균 강윤정 김형균 | 디자인 윤종윤 유현아
마케팅 정민호 박보람 이동엽 | 홍보 김희숙 김상만 이천희
제작 강신은 김동욱 임현식 | 제작처 영신사

펴낸곳 (주)문학동네
출판등록 1993년 10월 22일 제406-2003-000045호
주소 10881 경기도 파주시 회동길 210
전자우편 editor@munhak.com | 대표전화 031) 955-8888 | 팩스 031) 955-8855
문의전화 031) 955-3576(마케팅) 031) 955-2678(편집)
문학동네카페 http://cafe.naver.com/mhdn

ISBN 978-89-546-2067-3 03810

* 이 도서의 국립중앙도서관 출판예정도서목록(CIP)은 서지정보유통지원시스템 홈페이지(http://seoji.nl.go.kr)와 국가자료공동목록시스템(http://www.nl.go.kr/kolisnet)에서 이용하실 수 있습니다.(CIP 제어번호 : CIP2013000792)

www.munhak.com